遅蒔きながら

まき　こうじ

AiR
あいり出版

夏を過ぎた　遅蒔きの種は
冬を越して　堅固に育ち
味わい深い　実を結ぶ

勇気がなくて　言えなかった想い
手立てがなくて　伝わらなかった気持ち
遅蒔きながら　芽が出るように
その情景を　言葉に描き
あなたのもとに　届けたい

目次

表紙絵　篠原猛史

そこ

私は逃げた

その日の仕事を早めに終えて、職場の誰にも行き先を告げず、急いで休暇の手続きを取って、家に帰った。

かばんに着替えと歯ブラシを突っ込んで、カードと手持ちの現金を確かめて、コンピュータと携帯電話の充電器を入れて、トイレの窓に鍵をかけ、二十四時間換気のスイッチを切り、吸気孔の目張りをしたあと、私は家を出た。

網膜に刻み付いた爆発の残像と、首の後ろに貼り付いたチリチリとした緊張と共に、これから起こるかもしれぬ最悪の事態を想像しつつも、何事もなかったかのような顔をして、西へと向かう新幹線に飛び乗った。

余震に揺れる街を出て、二時間もかからぬ名古屋で降りて、まばゆいばかりに照らされた、ものに溢れるその街で、人々の屈託のない笑顔に違和感を感じながら、隠れるように数日を過ごした。

私は怖れた

休暇の終わりがきてしまい、仕事が始まる日の朝になって、東京に帰ることにした。帰京してすぐに簡易の線量計を注文し、窓際、ベッド、玄関先、ベランダの雨樋や近所の通り道を測定し、その数値を記録した。

ネットの記事をむさぼり読んで、ベクレルやシーベルトやセシウム一三七の意味を知った。

腐葉土の線量が高いというニュースを聞いて、菜園に蒔いたばかりの土をかき集めて捨てた。

「直ちに人体や健康に影響がある数値ではない」という政府の発表は、到底信じることができず、野菜も牛乳も果物も必ず産地を確認し、魚もしばらく食べなかった。

買い物からの帰り道にからだを濡らした通り雨の、高い汚染を知ったのは、しばらく後のことだった。

東京から二百二十キロ

福島は
すぐそこにあった

神話の里

身を清めて新年を迎え　家族で大社にお参りに行く
本殿の前で祈りを捧げ　境内の小さな社の神々にも　年始の挨拶をする

一月三日の夜明け前には　八雲山《やくもやま》の三歳《みとせ》さん参り
日が昇ると　吉兆さん
辻に来るたび　幟を立てて　笛に合わせて謡《うたい》をうたう
荒くれの面をかぶった番内《ばんない》が　家々を巡り　悪魔を祓う

春を迎える　節分祭
からだの穢れを　人のかたちの御札《おふだ》で拭い
豆を蒔いて　福を招く

神主が邪気を祓う矢を放ち　境内を清めると　大社で一番の祭りが始まる
五月の澄みわたる空　金の神輿と　稚児行列
派手やかな衣装に身を包む　子どもたちの笑顔

涼殿祭《すずみどののまつり》では
御幣《ごへい》に宿った神々が　道に敷かれた真菰《まこも》を渡る
それを拾って　お風呂に入れて　無病を願う

大土地《おおどち》の荒神さんの秋祭では
稽古を重ねた子どもたちが　大人と一緒に神楽を舞う
待ちに待った晴れ舞台を　拍手が包む

神在月には　国中から神々が集い　ひとびとの縁《えにし》を結ぶ
地元では　歌舞音曲を慎んで　しめやかに過ごす

そのあとには　献穀祭《けんこくさい》
秋に実った穀物やお酒を供えて　感謝を伝える

家族が　息災でありますように
地震や火事や大きな事故が　起こりませんように

毎朝　神棚に祈り
月始めに　出雲大社に参り
晴れの日には　山車を引いて　神謡を謡う
神話の里の　ひとびとの暮らし

松江市鹿島町片句六五四番地を起点として　半径三十キロの円を描くと
ふるさとが　半分入る
五十キロだと　出雲はすべて
わたしも　密かに祈っている
そのとき
東風が吹きませんように

原発の三十キロ西に住む　老いた父と母に
逃げる時間が　ありますように

自由

「わたしは　一〇〇％　香港人」
「わたしは　どちらかと言えば　中国人かな」

一人ひとりが　本音を述べる
くったくのない笑顔で

盗聴の虞《おそれ》を尋ねると
「まさか」　と笑われた
「あなたたちのアイデンティティは？」
と尋ねたときのこと

四年経って
彼の地の女性から　日本語のツィートが届く

「自由を持っている皆さんが
どれくらい幸せかを　わかってほしい」
「本当に　わかってほしい」

戦争ができるように　法律が変わり
都合の悪い事実を　政府が隠しても
声を上げた人達の逮捕は　今は　起きていない

この国で
わたしが抱く　切ない願い

無事でいてほしい
くったくのない会話を　楽しむ日々が
ふたたび　訪れるまで

山手線は繋がった

政府の新たな少子化対策は劇的な効果をもたらし
二〇四〇年には人口が倍増し
ラッシュアワーの駅の構内には人々が溢れた

山手線の列車は増発に増発を重ねたが
それでもまったく追いつかず
そのうち前の電車との境目がなくなって
ついに電車は一つに繋がった

ループになった山手線は動く歩道と化し
車両から車両へと急ぎ足で移動する人が増え
健康のために逆回りの方向に走る人も出始めて
通勤地獄は通勤フィットネスと呼ばれるようになった

ラッシュの終わった昼間の時間帯には

ダンサーやミュージシャンがパフォーマンスに精を出し
コーヒースタンドや花屋や占い師までもが店を出し
しまいにはトイレや寝台車も設置されて
山手線は二十四時間営業に踏み切った

一旦電車に乗った人は　居心地が良いのかなかなか降りようとせず
たくさんの幸せな人々を乗せて　山手線は今日も回り続けるのであった

常備薬

痔には　ボラギノール
風邪には　コンタック
おなかに　キャベジン
頭痛に　バファリン
腰の痛みは　フェイタス
飲み過ぎた時は　ヘパリーゼ
身体の不調は　これで全快

国民には　ホラフキーノ
ボスには　ソンタック
部下には　リフジン
答弁は　バカリン
困った事実を　フェイクタス
持論には　ヘバリツキーゼ
社会の不満は　これで全開

おしりのユウウツ

おしりがなんだかカユイのだ
二月のすえからカユイのだ
シャワートイレのせいなのだ

満員電車がコワイのだ
マスクをしないで咳をする
トナリのやつがイヤなのだ
そのたびハラワタ煮えくって
今日もおなかがユルイのだ

三月ずっとカユイのだ
職場のトイレで手を洗い
部屋のドアノブ拭き直し
ついでにユビも消毒し
何度やってもキリがない

自粛要請オワッテも
ソコの広場の若者よ
そんなにたくさん集まるナ

四月になってもカユイのだ
店でマスクは買えないが
アベノマスクはムダなのだ
それより看護師マモルため
お金をかけるベキなのだ

一日ずっと家にイテ
毎食ツクッテ食べていて
仕事はすべてオンライン
夜中にヒッソリ散歩する
ソンナ暮らしも慣れたけど
人に会えずにツライのだ

五月も事態はカワラナク
おしりはまだまだカユイのだ

腹がタタナイ世の中に
なるまで待つしかないけれど
それまでおしりがモタヌのだ

端っこ

日本の真ん中威張っても
所詮は世界の端っこで
目くそ鼻くそ笑い合い
つまらぬ意地にとらわれて
足を引っ張る人もいる

今の時代に生きるなら
どこにいたとて変わりなく
人とのつながり武器にして
いろんな情報すぐ届き
くだらぬ権威をはねのけて
大事な仕事ができるはず

丸い地球に住むのなら
真ん中離れて旅に出て

端っこ探して歩いても
ぐるりと回って帰りくる
その時見える世の中は
前とは異なり鮮やかで
新たな視点が手に入る

冬の寒さに負けないで
背筋を伸ばして過ごすなら
次第に人も集まって
きっと見事な花が咲く
周辺からの逆襲は
こうして静かに幕を開け
世界を変える機が熟す

てるてる党街灯演説二〇一七

皆さま　ご声援ありがとうございます
てるてる党の党首　てるてるです
てるてる党は　明日《あした》を天気にして　輝く未来を作ります
そのために　約束します

てるてる党は　すぐに決断する

ということはしません
大事なことは　ゆっくりと考え続け
時には考えているうちに　ちゃぶ台をひっくり返して
元の木阿弥になったりすることもあります

てるてる党は　決めたことは確実にやり通す

という約束はできません

一度決めたことでも
思いもかけない結果が出たりすると
ふらふらとそっちを追っかけてみたくなったりします

てるてる党は　皆さんの期待を決して裏切らない

などと誓うことはできません
期待に応えられないことがあるのは　仕方が無いことですが
期待を越えるような仕事はしたいと　常々思っています

てるてる党は　誠心誠意努力する

つもりではありますが
高みを目指して地道な努力はしていても
気がついたら道に迷ったり引き返したり
いっこうに前に進まない時もあります

でも皆さん
てるてる党は
面白いことを形にしようという志と
遊び心を持った仲間は　心から歓迎します

宣告

朝起きたら洗濯をして　その間ＢＳで座頭市を見て
洗濯物干したら　お茶飲んで
その後　することないんだよ
仕方がないから散歩に行って
釣り堀で二時間釣りをして
それから家で何か食べて
午後はテレビドラマの再放送を見る
だけど前に見たやつばっかり
喫茶店に行っても　一時間しかもたないし
やることないんだよ　俺

俺なんか　一度　終わりって宣告されただろう
そしたら　当たり前だったことが新鮮に見えてさ
今までこんなことに悩んでいたのか　とかさあ

このままだと　あと十年ぐらいは生きられるんじゃないかな
それでさあ　退院してから仕事しようって思ってさ
今は　週四日ほど現場に行ってて
水曜日が休みなんだけど
それが楽しみでさあ
朝起きたら洗濯をして　お茶飲んで…

余裕

お客さん　私ももう五十五歳になりまして
お陰様でこの店も順調で　ぼうずも来年高校生です
まわりから見ると　文句なしの人生かもしれませんけど
最近　夜眠れんのですよ

こんなでかい身体で　頭も剃ってるんで
若いときにやくざな仕事をしていた　と思われるかもしれませんが
これでも　大学は数学科に入ったんですよ
二年生の時に仲間と飲みに行って　つい隣の客と乱闘になってしまいましてね
私はこの身体でしょう
それに　小学生のときからずっと空手を習ってきたもんで
ちょっと相手の手を払っただけなのに　大けがをさせてしまいましてね
それで　刑務所に入ることになって　大学を退学になったんです
出所してから　仕事を転々としましたが

十五年前に寿司屋に弟子入りして　五年ほど前からこの店を始めました
お客さんみたいな人に会えるから　この仕事は楽しいですよ

でもね　このまま人生が終わるのがむなしくて
夜中に目が覚めて　悶々として　眠れないんです
本当は　もう一度勉強してみたいんですよ
今度は数学じゃなくて　人生について考える学問を

お客さん　この間いらしたときに紹介していただいた　お知り合いの哲学の先生
あれから研究室に電話して　菓子折を持ってお話に行きました
そしたら　授業を聴講してよいと言われまして
毎週　科学哲学の授業を聴きに行っているんです
いやあ　面白いですわ
今まで考えたことがなかった問題が　いっぱい出てきて
こんな風に思考を進めるのかと思うと　ワクワクします

この間なんか　先生が黒板に数式を書いて説明したときに　間違いを見つけまして
まさか　私のように出来の悪い者が　偉い先生の間違いを見つけられるわけがないと思いましたけど
何回見ても　計算式が間違っていると思えて　仕方がないんですよ
勇気を出して質問してみたら　先生が「自分が間違っていた」とおっしゃって
そりゃあ　嬉しかったですよ
私みたいなもんでも　正しいことがある　と分かって
その夜から　ぐっすり眠れるようになりました

お客さん　社会人入試を受けたらと　この前おっしゃいましたけど
私ね　哲学の授業にもぐってみて　何か憑きものが落ちたみたいです
店は忙しいし　ぼうずも大学を卒業するまでには　まだ七年もありますし
今は　こうやって地道に仕事をしてくつもりです
でもね　あの授業を聴きに行ったことで　自分の人生に　何か大切なものが生まれた気

がするんですよ
うまく言えないんですけども
何ていうか　心の余裕　みたいなものが

氷

最高気温が氷点下になった日　下宿を焼け出された
消防車から投入された大量の水で　衣類も本も厚い氷に包まれた

ハウスメイトの募集を見つけ
さっそく同居を申し込んだ
年越しのパーティに呼ばれ　皆とハグして新年を迎えた
「いつ引っ越して来ればいい？」
「数日の内に連絡する
一緒に住めることを楽しみにしている」

一週間後　しびれを切らして電話をかけた
「あの後　もっといい人が見つかったから　その人に決めた
俺たちは君のことが好きだ
だけど…」

その後　他人が信じられなくなった
特に　笑顔で話しかけてくる白人のことが

一カ月後　気温が上がり　一気に氷が溶けた
しかし　不信の思いは　ずっと残った

夏の盛り
クラスメイトとのたわいのない話の最中《さなか》
何かの拍子に　二人で腹を抱えて笑った
その時　ふと　予感がした
「こいつとは一生友達だろうな」
その瞬間　心の中の氷が溶け始めた

Play it cool

「あとで説明するから　しばらく冷静に振る舞うのよ」

「play it cool?」

「そう　私がしゃべるから　あなたは黙ってニコニコしていれば良いの」

ウェスト・バージニアの山の中　道路脇の河原で
チーズとトマトのサンドイッチを食べていた私に　レイチェルはささやいた

パトカーから降りてきたのは　まだ若い白人の保安官
シリアスな顔をして　右手を腰に当てながら　ゆっくりとこちらに近づいてくる

「こんにちは　シェリフ」

「こんにちは　ここで何をしているんですか？」

「友だちの家に行く途中で　ランチを食べてるところなの
こちらは　日本から来たお友達
あんまり景色が良いから　河原でピクニックしているの
ここは涼しくて　気持ちがいいわ
あなたも　お一ついかが？」

「この間　この近くで事件が起きたから　パトロールをしています
それでは　気をつけて」

保安官が去った後に　レイチェルは説明してくれた

「その事件は　抵抗した黒人の男の人を　保安官が撃ったのよ
こういうときは　気持ちを静めて　普通の顔をしているの
play it cool
それが　命を守るから」

銃

男が　怒鳴る　大きな声で
女に向けられた
銃口の
その先に
私は
立って
いる

どう
しよう
逃げ
なくては

左の
車の
陰
まで

動け
ない

時
間
が

止

ま

っ
た

突然

銃を
構えた
男の
顔が
笑い出す

涙声で
怒りながら
男の胸を叩く
女

銃を
ポケットにしまい
冗談だよ　と謝る　男

私は　ふぅーっと　息を吐いた

マイケルの帰還

マイケルは　父親の虐待を受けて育った
それを見ていた弟は　重い心の病を患った
養子に出されたマイケルは
新しい家族のもとで　怒りのコントロールを学んだ

マイケルは　製材所で働いた
真冬の吹きさらしの仕事場で
朝まで丸太を板にした
高校を卒業しても　田舎の町に　他の仕事は見つからなかった

マイケルは　軍隊に入った
陸軍のリクルーターに　言葉巧みに誘われて
高い給料や海外派遣に憧れた
安月給の　夜勤の工場《こうば》で働くのは　もう嫌だった

マイケルは　落下傘の訓練を受けた
飛行機から飛び降りる度に　特別手当が貰えた
仲間達と競い合って　遊びのお金を稼いだ
戦争の本当の姿は　まだ知らなかった

マイケルは　戦場に行った
落下傘部隊の精鋭として
アフガニスタンやイラクに派遣された
前線の裏側に落とされて　敵を攪乱するのが任務だった

マイケルは　戦場から帰ってきた
年金の資格ができる頃に
心の病と診断されて　陸軍を除隊になった
守秘義務があって　親友にも苦しみを語ることはできなかった

マイケルは　今　家にいる
妻の稼ぎに支えられて

フラッシュバックに苦しみながら　子ども達の世話をしている
お人好しだった若者の面影は　消えてしまった
マイケルが入隊したのは　十九の夏だった
今年彼は　四十を迎える

Witch

「魔女に会いに行かない？」
レイチェルに誘われて
夏の盛り　川岸に建つ塔の家を訪れた

八十歳になったばかりの　小柄な魔女は
ぐらぐらと揺れる脚立にのぼって
河原で拾った石を　壁に塗り込んでいた

「これは　ゲートハウス
もう少し年をとって　からだが動かなくなったら
誰かに貸して　そのお金で介護士を雇うの」

母屋は　手業《てわざ》が光る　石の家
大きな蝶がとまり　恐竜が火を吹く壁
ドアでは　山羊の神が　二本のラッパで迎え入れる

暖炉の壁には　無数のカラス
睨みをきかせる　双頭の巨人

息子は　家にいなかった
病状が悪化して　入院しているという

「ジョンは　毎朝　森の奥の木に登って
枝を切って集めては　たき火をするの
一言もしゃべらずに　その日課を繰り返している」

寡黙な髭面の　大男になった息子と
風変わりな塔の家に住む　彼女を
近所の人達は　気味悪がって
「魔女」と呼ぶ

「夏は近くの公園で
白人至上主義者のキャンプがあるの

市役所に文句を言い続けたら
今年から中止になったのよ」

魔女は　微笑んだ

「この年になっても　気の短さは治らない
男達が　土地を騙し取りに来た時は
空に向かって　ライフルをぶっぱなしてやったわ
二人とも慌てふためいて　逃げて行った」

夕方　魔女とハグをして　塔の家を出た

しばらくして　レイチェルが呟いた

「あんなにまっすぐなひと
誰かに殺されないといいけれど…」

六枚目の皿

お母さん　うちは五人家族でしょう?
どうしていつも皿を六つ並べるの?
って　娘によく言われたけど
なぜ並べてしまうのか　自分でもずっと分からなかった

私たち家族は　収容所に送られる前に逃げ出して
フランスの田舎を　転々と逃げ回っていた
別荘とか農家の納屋とか　空いている家に泊まったわ

そっと裏口から入って　明かりもつけずに静かに過ごすの
食器棚の食器を借りて　食べ終わったらきれいに洗って
元のところに　寸分も変わらないように返しておくの
三日間だけ泊まったら　次の場所に移動した
持ち主に　迷惑がかからないように

後になってそのことを精神科医に話しているときに
突然　小さな妹がいたことを思い出したの
食べ物が手に入らない日が続いたとき　私の腕の中で息を引き取った
あまりに辛くて　忘れたいと思っているうちに　忘れてしまったみたい
家族の誰も　彼女のことは語らなかった
身体だけは覚えていて　無意識のうちに彼女の食器も並べていたのね

それを思い出した後　何時間も泣いたわ
今も　六枚目の皿を　食卓に並べているの
妹が　ひもじい思いをしないように

モーニングダヴ：出会い

「私はモーニングダヴ（mourning dove）　嘆きの鳩よ」

ネイティブアメリカンの発汗の儀式（sweat lodge）で出会った彼女は
青い瞳に青い服と帽子がよく映える人だった

私と出会った頃　夫とは別居生活を送っていた
程なくして　ピッツバーグの郊外にある彼女のアパートに招かれた
友人たちの集まる　ささやかなパーティが催されていた
曼荼羅や瞑想に興味のある　スピリチュアルな人たちの集まりとのことだった
皆　何か傷を抱えていたが　とても優しかった
こうして私たちは　友達になった

修道女を辞めた後　神父だった夫と結婚して　彼女は二人の子どもを育てた
修道院の　原罪の赦しを乞い続ける生活は　性に合わなかった
しかし　何年経っても　家庭は修道院のようだった

ときどき　夜中のアパートに電話がかかってきた
「私はなぜこの世に生まれてきたの？
何のために生きているの？
これからどう生きていけばいいの？」

嘆きの鳩は　深い苦しみの森を彷徨っていた

モーニングダヴ：旅

夫と子どもたちを家に残して
彼女はコロラドのアートの学校に進学することを決めた
両親の長年の不和を知っている子どもたちは　母の背中を押した

学校の始まる前の夏休み　東海岸からボルダーまで
交代で運転しながら　彼女と私は三泊四日の引越の旅に出た
延々と続くトウモロコシ畑から　草のまばらな原野へと
徐々に植生が変化していく道すがらいろいろなことを話した

ロスの空港でレンタカーを借りたドイツの女性が
道を間違えて危ない地域に迷い込み　ギャングに殺された
ラジオのニュースでそう聞いたとき
彼女はこちらを見て　真顔で言った
「でもほとんどのアメリカ人は　気のいい人たちなのよ」

どこでもないところ（middle of nowhere）という呼び名がふさわしい
アイオワ州の田舎町で　高速道路を降りてランチを食べた
道路脇の小さなレストランは　地元の白人の男たちばかりで
二人で店に入ると　一斉にこちらを見つめた
彼女はそっと肩を寄せると「気にしなくて良いからね」とささやいた

ボルダーに着いたのは　もう深夜だった
私たちはドラムを持って街の公園に行った
二人でドラムを叩いていると　しばらくして一人の若い男が現れた
「一緒にドラムを叩ける人を一晩中探していたよ　参加してもいいかな?」
ほどなくして　十人のドラマーと　十人のダンサーと
もっと多くの見物人に囲まれていることに気がついた

二年後に再びボルダーを訪れたとき　ロッキー山脈の公園に連れて行ってくれた
帰り道でヒッチハイクの若者をピックアップした
彼は　ぽつりぽつりと話し始めた
「病院で先週　あと二カ月の命と診断された

末期の膵臓ガンで　もう医者にできることはない
今日は天気が良いから　山を見に来たのさ」
彼女は単刀直入に　しかしあたたかく尋ねた
「どんな気持ち？」
「悲しいよ　でも仕方がない」
別れ際　彼女はその若者をしっかりとハグした

モーニングダヴ：今も

卒業して　彼女は元の街に帰った
「行き先がないので　元の夫の家に居候しているの
子ども達も一緒に暮らせるのを喜んでいるわ
でも　夫とよりを戻したわけではないの
まだ　ソウルメイト（soul mate）は探しているの」

数年後　思い立って電話をかけてみたが　つながらなかった
メールの返事も返ってこなかった

あれからもう十五年になる
嘆き鳩によく似た　雉鳩を見るたびに　彼女の声を思い出す
「なぜ生まれてきたの？　これからどう生きていけば…」

名前

それは親から貰った名前
砂漠の中の美しい湖にちなんだ
私の好きな名前

でも　八歳の時に　秘密の名前を付けたの
家族と一緒の時間が終わると
灯りの消えたキブツのベッドで　毎日一人で対話した

自分に話しかけるときは　今でもその名で呼んでいる
何という名前かは　誰にも教えない
たとえ　あなたに頼まれても

ねえ　あなたの子どもを産んでもいいかしら

父に　尋ねてみたの
一人で子どもを育てるけど　それでも良いかと
即座に答えてくれた
心配はいらないと

いまあなたの国に来ているの
還暦のお祝いに　一人で旅をしている
来週あなたの土地に行くから
久しぶりに会えないかしら

旅の途中で思い出したの
あの子は　自分に名前を付けたのかしら
もしあのとき　無事に育っていたとしたら

あなたのこと

家を去ったあなたは知らない
眠れぬ夜を重ねたことも
壁を叩いて怒鳴ったことも

遠くに住むあなたは気にかけない
ナースの仕事を見つけたことも
屋根裏部屋を貸してることも

決してあなたに感謝はしない
二人の子どもと暮らせることも
養育費がきちんと届くことも

再婚したあなたには教えない
新しい出会いを探したことも
ためらいながら　ベッドを共にしたことも

もうあなたとは関係ない
ふたたびジョギングを始めたことも
ときめく人を見つけたことも

今では思い出さなくなった
あなたのことは

もう　ほとんど

状況（一九八九年夏）

この写真を見てくれ
俺には　妻と子どもがいるんだ
三歳の男の子と一歳の女の子だ
もし何かがあると　この子たちは路頭に迷う

アパルトヘイトが　どうなっているかって？
脳天気だなあ　お前は
そんなこと　しゃべれる訳ないだろう
ここだって　盗聴されているかもしれない

いいか　何もしゃべっていないぞ　人の名前も政府の批判も自分の意見も
それなら　裁判でも勝てる
危ないんだ　具体的なことをしゃべると

もう一時間も話していて　お前の質問には答えていない

ずっと言い続けてきた　何も話せないと
これで　俺たちの置かれている状況が　分かっただろう？

問い（一九八九年夏）

「何でも聞いてくれ　何でも答えるから」
まっすぐこちらを見つめながら　静かな声で　その人は言った
「ソエトの蜂起で　警官に撃たれて逮捕された
皮膚が引きつっているのが　見えるだろう
俺は　一度死んだのさ
父が見つけた弁護士のお陰で　運良く釈放された
仲間は　監獄で死んだ」
『遠い夜明け』のスティーブ・ビコや　ミリアム・マケバの歌ぐらいしか知らなかった私
に　その人は話してくれた
「英語教師の研修で　夏の間アメリカに来ている

先週　黒人の教会に呼ばれて　自分の国の現状を話してきた
声がかかれば　どこでも行くよ
それで捕まっても本望だ
妻も理解してくれている」

一年後　マンデラが釈放され　南アフリカは大きく変わった

でも　その人の問いは　今でも思い出す
「それで　この話を聞いたお前は　どうするんだ？」

答（二〇一九年夏）

それで「この話」を聞いたお前は　どうするんだ？

問いかけから三十年経った

南アフリカのアパルトヘイトがなくなったあとも
ルワンダ　ソマリア　南スーダン
アフガニスタン　イラク　シリア　イスラエル
アメリカ　コロンビア　ベネズエラ
イギリス　セルビア　ボスニア・ヘルツェゴビナ
ロシア　インド　中国　北朝鮮
そして日本でも
まだ「その話」は続いている

今になって　ようやく気づいた

「その話」を聞いた私が　これからすることは
そこで起こったことを　生々しく心に描くことだ
そのざわめきや匂いや手触りを　伝えることだ
その屈辱や悲しみを　分かち合うことだ
消えそうな希望や喜びを　一緒に探すことだ

藪漕ぎ

道のあるところは　道を歩く
道がなくなると　藪を漕ぐ
背丈を超える灌木を　かき分け進むと　哲学の時間が始まる

あるとき　藪と格闘していると
向こうから　バリバリと音がした
姿は見えないが　こちらにくる
私は嬉しくなって　声をかけた

「こんにちは」
バリバリバリ
「どこからですか？」
バリバリバリ
「人ですか？」
バリバリバリ

その音は　藪の中を斜めに横切って　去って行った

少し進んだところの木の幹に　爪の研ぎ跡を見つけた

哲学の問題に夢中になって　一心不乱に藪を漕ぐ熊の後ろ姿が

一瞬　垣間見えた気がした

山小屋の夜

山小屋に　一人泊まる
百目蝋燭の灯りが　二重窓に写る
窓の数だけ　二重《ふたえ》の炎が妖しく揺れる
背中が　ゾワリとする

慌てて床に　テントを張る
中に入って　ライトをつける
ウィスキーを一口飲んで　文庫本を開く

意を決して　テントを出る
ヘッドライトが照らす自分の顔が
窓の数だけ二重《にじゅう》に睨む
下を向いて　トイレに向かう

時計は八時

シュラフの中で　目を閉じて
今日の旅を　振り返る
ウスユキソウの花が　目に浮かぶ

いつしか　眠りに落ちる
怖い夢など見る暇も無く

朝の雨上がり

あざみ鮮やか　朝の雨上がり
あなたと二人で歩く

初めての山に胸をはずませ
足を濡らす露にかまわず
心軽やか　草原を歩く

あざみ鮮やか　朝の雨上がり
一人静かに歩く

山の神への祈りを込めて
雨に濡れた道を踏みしめ
気持ちを鎮め　草原を歩く

あざみ鮮やか　朝の雨上がり
家族と共に歩く

無事に生まれた感謝を胸に
小さな足濡らさぬように
背中に抱いて　草原を歩く

伐採の歌

ちょっと離れて　眺めよう
まっすぐなかたち　ゆがんでいるところ
これから進む道　隠れている姿
その先にあるもの　失われるもの

のこぎりを出して　息を整え
受け口を作り　追い口を切る
トントントントン　くさびを打てば
静かに　静かに　傾きはじめる

耳を澄まして　音を聴こう
かすかなる叫び　きしみ出す調和
怖がらせる音色　消えてゆく静寂《しじま》
その先にあるもの　生まれてくるもの

樹冠を広げた　古びた木々が
倒れたあとに　広がる空は
冬の日差しも　ほろやかに
新しい風が　吹き抜ける

跳ねる

山道を歩いていると　何かが動く
ゆっくりごそごそ動く
だんだん速くなる
小石が撥ねて
笹の葉っぱがうねる

見上げる空は晴れなのに
雨が降っている
しとしと降って
髪が濡れて
雫が頬を伝う

山道を歩いていると　何かが動く
ゆっくりごそごそ動く
だんだん速くなる

大きな岩が転がって
地面が揺れて
足元が崩れる

見上げる空は晴れなのに
雨が降っている
しとしと降って
ざあざあ降って
足が流され
腰が抜ける

山道を歩いていると　何かが動く
ゆっくりごそごそ動く
だんだん速くなる
金色の尻尾がピンっと跳ねる

見た

裏の畑に　あそびに出ると
犬が　ならんで座っている
まん中に　大きな犬
左右には　中くらいの犬たち
その両脇の　すこし小さな犬たちは
顔つきが　あまり犬らしくない
一番端は　子狐たちがちょこんと

静かにこちらを見つめる　七匹
急いで家に帰り　父に報告する　五歳のわたし
父と一緒に畑にもどると　もう何もいなかった

あの子

二年生の始業式の日
ぼくは
学校の裏山の　墓地を歩いている
出会ったばかりの
女の子に連れられて

「トカゲを見たら　つばを吐くの」
お下げ髪の転校生は
都会の言葉で　話しかける
ぼくは　言われたとおりに
つばを吐く

「黒い猫を見たら　おまじないを唱えるの」
大きな瞳のその子と　指切りをして
ふしぎな言葉を唱える

「二人だけの秘密」
あまい気持ちで　満たされる

日が暮れるまで
一緒に歩き回って
四つ角で別れた

家の前で　母さんが立っている
父さんは　ぼくを探しに　山に行っていた

翌日　先生が言う
「転校して来た女ん子《おなごんこ》なんか　おらんよ」

狐が通った

あんたの家の前　狐が通った？

「はあ？　狐？」

「はあ？　狐？」って言って通った？

「何の話？」

「何の話？」って言って通った？

「ばかにしてるの？」

「ばかにしてるの？」って言って通った？

あんたの家の前　狐が通った
提灯下げた行列で　月夜の晩に狐が通った
娘の狐が抜け出して　あんたの家の床下に　今でもひっそり住んでいる

その夜あんたは　夢を見た
茶色がかった髪の毛の　きれいな娘に出会う夢

あんたの隣のその娘
癇癪持ちのその娘
すっかりあんたが気に入って　あれから一緒に住んでいる

木の葉のご飯や水の風呂
今ではあんたも慣れてきて　今夜も一緒におままごと

あんたの家の前　狐が通った？

「はあ？　狐？　何の話？　ばかにしてるの？」

「ううん　化かしているの」

魔力

お前の家には狐が憑いている
そう言われると逃げられない
小さな村での成功は　他人の嫉妬につぶされる
それからずっと末代まで　狐持ちの家は村八分

でもね　あの娘《こ》の家に取り憑いたことはないの
商売の繁盛は　才覚のお陰
あたしが悪さをしたからじゃない

心優しいあの娘《むすめ》
一人の男に恋をして　静かに愛を育んだ
それを知った親戚が　狐の話をするまでは

あの娘《こ》のためにできたこと

悲恋に流したその涙　集めて男に届けては
愛しい思いを伝えたの

世間のしがらみ脱ぎ捨てて　男が娘《むすめ》と結ばれる
そんな願いを胸に秘め　毎日通ってみたけれど
男という生き物は　何とも情けないもので
回りの雑音に惑わされ　娘《むすめ》の涙も涸れ果てた

あたしも長年生きてきて　さんざん化かしてきたけれど
尻尾は九つ要らないから
たった一つの魔力が欲しい
心根優しいその娘《むすめ》
幸せにできる魔力が欲しい

一軒家

消防署の方から来ました
おばあちゃんは　一人暮らし？

ずいぶんと山の中ですね　ここは
隣の家からも離れてるし
大声を出しても誰も来てくれないでしょう
泥棒が来たら危ないですよ

え？　狐が出る？
泥棒じゃなくて？
昔は騙される人がたくさんいたの？
馬糞のぼた餅を食べたり　野壺のお風呂に入ったり
向かいの山に狐火の行列が見えたり

そんなのは迷信ですよ

今どき　そんな話　信じる人いませんよ
それより　防犯用にこのカメラを付けませんか？
ＡＩのプログラムで監視していて　火事になったり　泥棒が入ったりしたら　すぐに消
防車やパトカーが駆けつけます
消防署のお墨付きで　ご近所の皆さんにも勧めているんですよ
さっき下の集落でも五台買っていただきました

ＡＩのソフトとセットで二〇万円のところ　今回に限り　現金払いで十万円ぽっきり
これはおばあちゃんだけの特別価格だから　他の人には言っちゃダメですよ
これで　今日から安心して眠れますよ

あ　お茶　ありがとうございます
え　お稲荷さんも？
大好物なんですよ

ぼた餅もあるんですか

嬉しいなあ
遠慮なくいただきます

このお酒もおいしいですね
ああ　いい気分

いつも警戒されてばっかりで　こんなに親切にされたのは初めてです
嬉しくて　涙がこぼれそうですよ

お風呂までいただいちゃって
薬草の露天風呂ですか
いい湯加減です

夜空の星がきれいだなあ
都会では　こんなにたくさんは見えません

向かいの山のてっぺんまで　灯りがチラチラと続いてますが　今夜はお祭りでもあるんですか？

ごちそう

ごろつきの　いんねん
さぎしの　わるだくみ
けんりょくしゃの　よこしま
よだれがしたたる　ぜっぴんの　ごちそう

みえっぱりの　きどり
ちんぴらの　からいばり
いろおとこの　うぬぼれ
したつづみをうつ　ごくじょうの　かんみ

狐が　化かして食べるのは
人々の　尖りすぎたこころ

食べられた人に　訪れる
静謐な　時間

いいもの

おねえちゃん
なにか　いいもの　たべたでしょう？
ひとりで　いいもの　たべたでしょう？

おいしいにおいが　ただよっている
おくちのまわりに　なにかついてる
なんども　おかおを　なでている
しっぽが　ゆらゆらゆれている

おねえちゃん
ひとりで　いいもの　たべたでしょう？
あたしにかくれて　たべたでしょう？

初恋

ひこうきのまねしてぶつかったのも
かきまちがいをからかったのも
あわててめをそらしたのも

あのね
きみにきづいてほしかったから

あのねは　ひみつのことばだから
ずっとないしょにしてたけど

きみにあえなくなるまえに
ほんとは　ことばで　つたえたかった

愛してる

愛してる
それは　戯れのことば
浴衣の君に　話しかけたのは

愛してる
それは　ためらいのことば
気持ちがまだ　固まらないうちは

愛してる
それは　ときめきのことば
恋に落ちたと　思った瞬間

愛してる
それは　前のめりのことば
想いが募って　切ない夜に

愛してる
それは　実のあることば
覚悟を決めて　両親に会う日

愛してる
それは　薄れゆくことば
離れた暮らしが　重なるうちに

愛してる
それは　おざなりのことば
心が誰かに　移りそうなとき

愛してる
それは　偽りのことば
離れた気持ちに　気づいたあとは

愛してる
それは　苦しみのことば
消しがたい傷を　負わせてからは

愛してる
それは　後悔のことば
我が身に深く　君が棲むので

関わる

窓際でおねだりする近所の猫に　煮干しをあげる
しっぽをなでようとして　引っ掻かれる
回覧板を届けて　となりの夫婦にあいさつをする
おすそわけに　葡萄をもらう
田舎に住む父親に　電話をかける
同じ話の繰り返しに　つきあう

関わる

二人で映画を見て　涙が出る
そのあと目が合って　恥ずかしそうに笑う
ちょっとしたことで　激しい喧嘩になる

もうだめかもしれない　と思う
散歩の途中で　そっと手を伸ばす
ぎゅっと握り返される

関わる

仕事仲間に　頼みごとをする
やんわりと　断られる

若い人の悩みに　助言をする
救われたいのは自分だ　と気づく

異国の友だちの　安否をきづかう
何もしなかったことを　悔やむ

関わる

関わりを　生きる

同窓会

一年生のあこがれの人は　病を乗り越え　快活な笑顔で文楽を語る
三年の頃のいじめっ子が　面白おかしく場を盛り上げる
五年生のときの初恋の君が　目を輝かせてうなずいている
名前も顔も忘れてた女性《ひと》が　真面目な子だったよねと話しかける

中学時代の友人に　昔の不義理を謝ると　何も覚えていないと言う
ぐれてた部活の友達は　遠くの町の社長になっていた
ひたすら隠したはずなのに　こちらの想いを知ってたあの娘《こ》
生死をさまよった級友も　足を引きずり　会いに来る

想い出が　地層のように重なった　小さな町の同窓会
子どものころの心残りが　一枚いちまい溶けていく

父との会話

エタノールで除菌する
もう一枚ドアをあけて　ＩＣＵに入る

七つ並んだベッドに横たわる患者達
大きく迂回して奥に向かう

声のないテレビを見ている
小さくなった父の
青白い顔

目が合うと
父は　何か話そうとする

呼吸器の管が喉につかえて
吐きそうになる

声は出ない

ベッドから距離をおいて　私は止まる

「助かって良かったね
これで大丈夫だよ」

何か言おうとして
また吐きそうになる

気を紛らわすように
父は　傍らのテレビに眼を移す

面会の五分は
すぐに終わった

「元気？」

「まあ　ぼちぼちだ」

「どうしてる？」

「変わったことはない
お前も元気か？」

「忙しいけど元気だよ」

「きちんと食べているか？」

父との会話は弾まない

でも　その時間が懐かしい

不器用に気遣ってくれる
その言葉が聞きたくて
私は毎週
電話をかけていたのだ

母の言葉

隣に座る妹に向かって
母は
話しかける

妹には
ときどき分かる

私には
ほとんど分からない

母は
私を見ない

一年ぶりに会う私は
見知らぬ人に

なっていた

途切れのない
独白のさなか
ふと　こちらを見つめて
「お前達が一番大事だから」
と　涙で声を詰まらせた

「お母さん！」

返事はこない
私はふたたび
見知らぬ人に

戻った

父の声

電話が鳴る

父の声が聞こえる
「退院した
こちらは　ぼちぼちだ
お前は元気か？」

かすれがちの小さな声
「お母さんと　同じ施設にいる
部屋は違うが　同じ階だ」

前にいた施設では
母は　毎晩　持ち物を風呂敷で包んだ

「これから　家に帰る
お父さんに叱られても　家がいい」

「お母さんが帰ってきたら　一緒に家で暮らす
ここで　最期までお母さんの面倒を見る」
リンパの病気にかかっても　胃を半分切っても
父は　家で暮らすことを選んだ

「施設には　行きたくない
年寄りばっかりだから」
九十を迎える父は　ぼそりと言った

その父が　施設にいる
家族もまだ　会いに行けない

週末の父との電話が　また始まった

遅蒔きながら

2021年4月25日　初版　第1刷　発行　　　　　定価はカバーに表示しています。

著　者　　　まき　こうじ
発行所　　　(株)あいり出版
〒600-8436　京都市下京区室町通松原下る
元両替町259-1　ベラジオ五条烏丸305
電話／FAX　075-344-4505　http://airpub.jp/
発行者　　　石黒憲一

印刷／製本　シナノ書籍印刷(株)

製作／キヅキブックス
 ISBN978-4-86555-089-4　C0092　Printed in Japan